私の安らぎだった人へ

Yukino Michihata

道端　雪野

文芸社

目次

私の安らぎだった人へ
―"はじめに"にかえて―

あなたに、逢いたいと思いました
けれどそれはきっとあなたがいつも
私の涙を受け止めてくれるからなのですね
今あなたに逢えば
あなたが私を泣かせてくれることを知っているから
私は一人で行くことにします
ただ、一つだけ
もし、私が自分の力で悲しみを癒せるようになったら
あなたに甘えなくても
一人で立っていられるくらい強くなったら
また、あなたに逢いに行ってもいいですか

私の安らぎだった人へ

月の輝く季節

五月　夢見る人

午後になって雨が降りはじめたので、傘を持っていなかった私は、放課後学校の図書室に行った。

雨の日の図書室は好きだ。別に雨の日でなくても図書室は好きだけど、湿気を含んで冷たくなった壁や本を読みながら聞く雨の音が私は好きだった。

雨の午後に似合う手頃な本を探そうと、奥の棚へ行こうとして、私は足を止めた。見覚えのある姿が、図書室独特の大きな机に向かって、何かを懸命に書いていた。

いや、描いて、といった方が正しいかもしれない。開かれた様々な写真集。それらの写真を参考にして、彼女は一つの風景をスケッチブックの中に広げていた。

——まるで魔法のように。

お伽噺みたいに幻想的な。そこには、一つの世界が在った。

私の落とした影に気付いて、彼女が顔を上げた。

　高校に入学して、一ヶ月。同じクラスだというのに、私達はまだ話をしたことが無かった。そのせいか、彼女の笑顔にぎこちなさが混じる。特に親しくもない人に描きかけの画を見られたのだ。きっと恥ずかしさもあるだろう。画を、隠すように写真集を動かした。

　――隠さなくてもいいのに。

　私の責めるような視線が、彼女に警戒心を起こさせたらしい。迷惑そうな顔で、私を見る。

「……上手だね」

　何か言わなくてはと思い、やがて口から洩れた言葉は、そんな平凡なものだった。それ以外に、言葉が思い付かなかったのだ。たとえ何か思い付いたとしても、それは決して私の心を代弁してはくれなかっただろう。

　私のそんな素朴な言葉は、かえって彼女の耳に心地好く響いたらしい。口先だけのお世辞でなく、本心からの賞賛だと気付いたようだった。

　警戒心が、溶ける。

「なにかの雑誌に載せられるんじゃない？」

重ねて言うと、彼女は少し照れたように笑って、それから、

「実は将来そういう仕事に就きたいと思ってるの」

冗談めかして、笑った。でもわかった。

――この人、本気だ。

私から視線をはずして、けれど決してさまようことの無い、まっすぐな瞳。口元は微笑んでいるけれど、その声は揺るがない。

真摯な想い。

この人の夢、なんだ。

目を見開いて、彼女を見つめた。

「でも、こういう仕事って競争率高いのよね」

少し顔を傾げて、髪をいじくりながら、笑っている。でもその瞳は、変わらない。

――競争率高くても、絶対にやりたいことなの。

――諦めたりなんかできない、夢なの。

そう言ったように、聞こえた。

全身で、描くことが好きだと叫んでいる。……そう思った。

夢を叶えるのは、こういう人だ。辛い道だと、わかっていても前を向いて歩いていく。

――この人なら、きっとどんな夢も叶えられる。

心から、思った。

けど、口には出さなかった。私はその競争率の高さがどの程度なのか知らない。私がどんなに本気で『彼女の夢が叶う』と思ってそう言っても、彼女にしてみればそれは単なる気休めにしかならないだろう。

その場限りの励ましなんて。

「ふうん。そうなんだ」

頑張ってね、とも言わない。

彼女にどう思われても良かった。ただ、私は、心の中で彼女のことを応援していようと決めた。まっすぐな瞳の曇ることが無いように。……それは、私が見つけた小さな灯火だったのかもしれない。

その日から私は、憧れと尊敬を持って彼女を見つめるようになった。

好きなものが、夢。そう出来ればどんなに良かっただろう。
どんな時も。彼女は夢を見つめている。
なんて綺麗な想い。ただ純粋に夢を追い求める心。諦めることを知らない幸せな瞳。
私には無いもの。
——夢を、無くしてしまう前は、私もこんな目をしていたのかもしれない。
鏡を覗きこんだ。
傷ついた瞳。哀しみに溺れて、けれどもう涙を流そうともしない虚ろな瞳。
夢を忘れてしまった……夢を、捨てた瞳。
——捨てたかったわけじゃない！　でも……。
——過去に縛られている。

六月　太陽

彼女のことを、見ていた。

彼女の居る所は、いつも笑顔が絶えない。……まるで太陽のようだ。周囲のものを、照らし出す光。

私は……。月のように、太陽の光を待っているだけ。

月は、太陽になることは出来ないのかな。

……私は、彼女のことが好きなのかもしれない。彼女が私の理想……夢だから。もしそうなのだとしたら、私ももう一度『好きなものが夢』だと、言えるだろうか。


図書室に、彼女は居た。以前見た風景画の中に、誰かが描き加えられている。後ろ姿の女の人。

「誰？」

「誰だと思う?」

楽しそうな目で、問い返された。

風景が主題の画だから、小さくてよくわからないけど……優しい背中。背を向けているから冷たいのではなくて、『守ってあげるからね』って言われてるみたい。

その小さな彼女が、この画にそれまでは無かった、強い存在感を与えていた。――自分の足でちゃんと大地に立っていて、その上で誰かを守ってあげられる強さを持った人。

「……強い人」

「強い、だけ?」

「ううん、優しい人。……後ろ姿なのに、どこか優しい」

冷たいふりをしていても、この人だけは絶対に助けてくれるという、期待を抱かれる人。人に……信用される人。

「それ、貴方よ」

私は驚いて彼女を見つめた。

「貴方のイメージで描いたの」

それまで私の頭の中で広げていた、その女性のイメージを思い出して赤くなる。恥ずかしい。私はその女性に嫉妬さえ感じていたのに。

「そんなに、綺麗じゃないわ」

「綺麗だと思ってくれたの？」

声をはずませて彼女が言う。

「それを、出したかったの」

満足そうに、笑った。

「でも、私……。私は、綺麗なんかじゃない」

必死で否定した。憧れの人にいきなりこんな風に誉められて、可愛く『ありがとう』なんて言う器用な方法は知らないから。彼女が私を綺麗だという理由もわからなかった。

「これは、私の目から見た貴方なの。貴方が自分のことをどう思っているのか知らないけど、私は綺麗だと思ったから」

私を見つめてきっぱりと言いきった彼女は、やっぱり私なんかよりもずっと綺麗だった。

最近よく図書室に足が向いてしまう。放課後、部活のない日にはいつも、彼女が居るから。

彼女がなぜ私を綺麗だと言ったのか、その理由を知りたかった。

「貴方と私は、とても似ているのかもしれないって思った」

画を描きながら、彼女はいう。私はそれを邪魔しないように、少し離れた所に座って見ている。

「どうして?」

似てる所なんか、少しもないのに。

彼女は答えない。代わりに、聞いて来た。

「貴方の夢は何?」

私は、口を閉ざす。

「夢は、忘れた?」

忘れた、という言い方が引っ掛かった。

「忘れたって、何で?」

「悲しそうな、虚ろな目をしてた」

うつむいた顔から、彼女の表情を窺うことは出来ない。

「それがなんで綺麗なの？」

責めるように言うと、彼女が顔を上げた。真剣な眼差し。

「悲しみと、戦ってる人だと思った。虚ろなのは、悲しみに負けないように自分を奮い立たせるので精一杯で、外の世界に目を向ける余裕が無かったから。……そんな風に思った」

彼女の目は、綺麗だ。芸術家の目。ごまかしが効かない、真実を見通す目。

「私、哀しそうに見えた？」

泣き出しそうになりながら、聞く。私は、自分がそんなに純粋でないことを知っている。

「お月様をずっと見ていると、悲しくなることってない？　とてもとても綺麗なんだけど、なんだか淋しくなるの」

「私は、月？」

皮肉げに、笑った。

「うん。三日月みたいに冷たく見えたり、十六夜みたいに淋しげだったり。でも、本当はいつも満月みたいに笑っていたいって思ってる人」

かすかに微笑みを見せて、彼女は言った。

「誰も傷つけずに、生きていけたらいいのにね」

その後は彼女は何も話さなかった。私も、頭の中で彼女が言ったことを考えて黙っていた。

人を傷つけずに生きることは、出来ない。私がこうやって存在しているだけで傷つく人も確かに居るのだ。私が居なくなればいい、と願う誰かが。……とても哀しいことだけれど。すべての人に好かれようなんて無理。だから。

それなら、哀しみを知らずに生きていられたら。そうすれば、楽だっただろうと思う。人を傷つけてもそのことに気付かずに。——けど、それで幸せには、なれたかしら。

彼女は、幸せだろうか。夢を持っていて。才能もあって。夢を、叶えられる可能性の高い人。

真剣な顔で彼女は画と向き合う。夏に、なにかのコンクールがあるらしい。今はまだ下書きの下書きという段階なのだという。

もしかしたら、夢を見ることが出来るというのが、一つの才能なのかもしれない。諦めないということ。不安に、つぶされないということ。

調子が良くなって来たようだ。画に、夢中になっている。きっと今は私の存在も、彼女の意識の中には入っていない。

下校時刻になって、彼女が自分の世界から戻って来た時に、私は聞いた。

「なんでそんな風に、夢を目指すことが出来るの？」

彼女が不思議そうな顔をした。

「だって、苦しいのに。夢は、私達に現実を見つめろって言ってるみたい。夢を見れば見るほど、自分は非力だって教えられる気がする」

「願うこと。想うこと。強く強く求めること」

言って、彼女は一瞬だけ、疲れたように笑った。

「私だって、自分に自信があるわけじゃない。不安に、押しつぶされそうなこともあるわ。今やっていることはすべて無駄かもしれない。どんなに頑張っても、叶わないのかもしれないって、怖くて。……逃げたくなる」

でも、と彼女は言った。顔を上げて、ひたむきな瞳で。

「でも、諦めることなんて出来ない。夢を無くしたら私じゃないから。……だから、自分の力でいける所まで。限界まで、諦めないって決めたの」

華やかに、笑う。

太陽はただ輝いているだけじゃなかった。胸の奥の苦しみを隠して、懸命に輝いていた。

「貴方は？」

私、は……。

「どうするの？　どうしたいの？　……何を、願うの？」

願う？

「私は、この夢を目指すわ。諦めたりなんかしない」

私の、望みは何だろう。

考え込んでいた私の耳に、彼女の次の言葉は入らなかった。

「――それが、私なりの償い」

優しい人になりたかった。人に、安らぎを与えられる人になりたかった。誰かを救える人になりたい、そういう職業に就きたいって。

憧れた、それが私の夢。だけど……。

私は、人を、傷つけた。

中学の時だった。願っていたのは優しさだったのに。私は私の中にどうしようもなく冷たい感情を見出したのだ。

「だけどそれは、人間なら誰もが持っているものなんじゃないの？」

彼女が言う。

「人間って、時々すごく残酷なこと平気でするもの。貴方のもそういう一時的な感情だったんじゃないの？」

そうなのかもしれない。いや、たぶん本当に衝動的な、気の迷いみたいなものだったんだろう。その証拠にその時の感情はすっかり私の中でなりをひそめている。

「だけどっ」

人を傷つけたということに変わりはない。

「どうやって償ったらいいのかわからないの」

言うと同時に、泣きそうになった。ああ……これは、懺悔なのかもしれない。誰かに、聞いて欲しかった。誰かに知っていて欲しかった……私の苦しみ。

うつむいて涙を堪える。そこへ、彼女の声が響いた。

「どうして？　貴方はもう償いをしてるじゃないの」

「……」

彼女を見上げた。涙は、引っ込んでいた。

「貴方が今苦しんでいるのはなぜ？　望みが、叶わないと知ったから？　……望みと同時に、夢を捨てたからよね」

だって、それは……。自分に、人を救うことなんか出来ないと思ったから。優しい人には、なれないって知ったから。自分を、許すことなんか出来ないから。

「貴方は、自分の一番大切なものを捨てることで、罪を償ったのよ。……それが、貴方の償い方」

言って、少し笑った。

「貴方は自分なりに、罪を償ったのよ。とても潔いやり方でね。だから貴方は綺麗。私には出来ないことをした貴方を、綺麗だと思ったの」

「……私、許されてもいいの？」

絶対に、叶うことのない願いだった。けど彼女は私がすでに償ったのだと言う。

「許すかどうかは、貴方が傷つけた人が決めることよ。でも、私、貴方はもっと自由にしてていいと思うわ」

彼女は、許すとは言ってくれなかった。けど私に、希望の光をくれた。……太陽のように。

七月　傷ついた人

「私、この学校辞めるの」

終業式の前日だった。

「辞めて、働く」

迷いの無い瞳でもう決まってしまったことなのだと、誰にも変えることは出来ないのだと、すべての反対意見を拒絶するように彼女はきっぱりと言った。いつもと変わらない、まっすぐな瞳で。……一体何を。

「――働くって、何をするの」

画のコンクールはまだのはずだ。それにたとえ入賞したからって、すぐに仕事がもらえるような甘い世界じゃない。それは彼女が言っていたことだ。――まさか画を諦めるなんて、そんなこと言わないわよね。

「とりあえず、バイトかな」

笑いながら、彼女は言う。

「って、特にあてがあるわけじゃないの？」

それじゃあ、画は。

「貴方の夢はどうするのよ！」

「画は諦めない！」

怒鳴った言葉に彼女が即答した。

正面から私を見て。瞳の中に決心を固めて。

「絶対に、諦めない。だから、学校を辞めるの」

説明にならないことを口走った。心を落ち着けようと努めながら、私は訊ねる。

「……学校に居たら、貴方の夢は叶わないの？」

学校を辞めてでも、叶えなくちゃいけないものなの？

非難するような私の眼差しに、彼女は苦笑した。

「夢のために、学校を辞めるのかもしれない」

どういうこと？

「前に、私と貴方は似ているのかもしれないって言ったわよね。——私もね。ある人をとてもとても傷つけたの。……この学校の、人よ」

目を伏せる。その時のことを思い出したように、眉を寄せて、苦しそうな顔をした。

「でも私、やりたいことといっぱいあるから。外国にも興味あるし、まだやってないこと、たくさんやりたい。夢だって、諦めたくない。人を傷つけたけど、私はこんなにも幸せな未来を夢見てるの。……だけど、こんな気持ちのままここには居られないから」

顔を上げて、泣き出しそうな顔で笑った。

「私はこういう形でしか償いが出来ない」

夢は諦めたくないから。夢を無くしたら生きていけないから。夢を捨てるかわりに学歴を捨てると。

「そして……。学校を辞めても夢は叶うんだって、どんな状況でも夢を見ることは出来るんだって、私が傷つけたあの人に教えてあげたい。そのためにも、私はこの夢を叶えたい」

彼女の言葉を理解したとたん、目の奥が熱くなった。

――意気地無し！

意気地無し。ずるい。そんなのは、逃げてるだけだ。学校から逃げて、自分の罪から逃げているだけだ。そんなのは、ずるい。

――違う。わかっている。彼女は逃げるわけじゃない。責任を、とるんだ。彼女が傷つけた相手だって、彼女のことを見ているだろう。――わかっていた。

……けど、わかりたくなんかなかった。

――貴方がここに居られないというのなら、私はどうしてここに居るんだろう。なぜここに居ていいんだろう。私だって、たくさんの人を傷つけているのに。中学の時だけじゃなく、生まれてから今までずっと。

だって誰も傷つけずに生きることなんか出来ないって。皆傷つけあって生きているんだって。貴方だって知っているのに。人を傷つけたことにも気付かず、笑っている人もたくさんいるのに。……どうして、貴方だけがそうやって責任をとらなくちゃいけないんだろう。――貴方だけが。

理不尽な思いにとらわれ、口を開くことが出来ないまま、彼女と別れてしまった。――もう明日一日で、彼女は学校から居なくなってしまう。

――知らなかった。

彼女が私と同じ苦しみを持っていたなんて。

……何で彼女が傷つかなくちゃいけないんだろう。誰かを傷つけたことで、彼女はその誰かに傷つけられている。

『誰も傷つけずに、生きていけたらいいのにね』

そうだよ。人を傷つけたことの無い人なんて一人もいなくて。……貴方だけが苦しむ必要なんて無い。哀しいことや、苦しいことは見ないふりして生きていけばいい。忘れてしまえばいいのに。

……でも、忘れられない。忘れられるはずがない。それは私もよく知っている苦しさで。

わかっていても、私は頭の中で怒鳴らずにいられなかった。

太陽は、影を造る。

太陽自身も気付かない間に、ただ存在するだけで、太陽は闇を造る。全てを照らしたいと思っていても。

完璧なんて、あり得ないから。

翌日、彼女は壇上に立って、みんなに別れの挨拶をした。

私は、ずっと机の上を見つめていた。

――ここに居ていいのに。

誰も貴方を責める権利なんてない。誰も貴方が居なくなることを望んでなんかいないんだから。

私が、言って欲しい言葉だった。人を傷つけて苦しんだ私が何よりも欲しかった言葉だった。

ここに居ていいから。

彼女にこう言えば、彼女はここに居てくれるだろうか。

思わず考えて、笑った。

——そんなはず無い。

彼女は、もう決めたんだから。

……それでも、私は彼女に伝えたかった。

ホームルームが終わってさよならの礼をし、先生が教室を出た。帰りはじめるクラスメイト達の中、彼女とその友人達で写真を撮ったりしている。……終業式なのに、卒業式のよう。

私も、用も無いのに教室に残っていた。

「まだ帰らないの？」

一人に、聞かれた。

教室のみんなは私と彼女が親しかったのを知らない。話したこともないと思ってるだろう。

今更それを訂正しようなんて思わない。

……お別れだね。

彼女を見つめた。

以前の私だったら、こういう時無理をしてでも笑ったのだろうけど。……最後に見せるのが作り物の笑顔なんて。

伝えたい言葉は、声にはならなかったから。

瞳で、ただ哀しい、と。貴方が居なくなるのは寂しい、と伝えた。

……さよなら。

八月　月

居なくなってしまった。部活動で学校に来ても、隣の美術部に彼女は居ない。

連絡をとることは出来る。クラス名簿を見ればいい。だけど……。

そういうことじゃないのだ。

彼女は太陽のような人だったから。

太陽になりたかった月は、その憧れの対象さえ失って、輝くことも出来ない。


彼女は、私が罪を償ったと言ってくれた。でも、本当にそうなのだろうか。

だんだんと自信が無くなってくる。

彼女が居ないからだ。ただ一人、私の哀しみを見抜いた彼女が。知っていて、私を潔いと言ってくれた彼女が。……私と同じ哀しみを知っていた彼女が。

彼女がそれでいいのだと、自由にすればいいと、言ってくれたその言葉が私の自信だった。彼女が私を認めてくれたから、私はもう一度自分に自信を持つことが出来たのだ。

なのに。私を肯定してくれた彼女が、私とは違うやり方で哀しみを乗り越えようとしている。その事実が私の自信を打ち砕いているのだった。

正しいことは一つじゃない。彼女は彼女に合ったやり方をしているだけだ。私は私に合ったやり方をすればいい。

わかってる。

淋しくて心細くてだけど。

わかっている。このままじゃ駄目だ。

動かなくちゃいけない。輝くことはまだ無理でも、足掻いて。

……やりたいことがあった。

歳を取って、そのころの気持ちを忘れた、それでも。覚えている気持ちがある。まだ前を目指す気持ちがある。

心のどこかで、そこへ行きたいと。生きていたいと、叫んでいる。

なのに。その方法を、見失って。

気がつくともう夏休みも終わりだった。

私は、一つの短編小説を、書き上げていた。

こんなに長い文章を書いたのは初めてで、どれほどの出来なのかわからない。けれど書き進むうちに色々なものが私からはがれ落ちていくのがわかった。

ずいぶんと遠回りをしたような気がする。けど、私は呼吸する方法を忘れて、それを思い出すことも出来なかったから、新しい方法を捜さなくちゃいけなかった。

もしかしたらこれが将来の夢になるかもしれない。ならないかもしれない。

でも一つやりたいことが出来た。今はそれでいい。

……私はあの人のことを忘れないから。

郵便局からの帰り道、一筋の風が、私の髪を揺らした。

夕暮れの。枯れ葉の匂いの染み込んだ風だった。私は顔を上げて風の吹いて来た方を見つめた。

もうすぐ秋。
月の季節が廻って来る。

マリア

二十歳の誕生日に生まれてはじめて入ったバーは、小さな店だった。けれど所々に灯るランプの明かりや、木作りのカウンターが温かい。お客も、常連といった感じの人が多く、一人ひとりが自分の時間をゆったりと楽しんでいるような、穏やかな空気が店内に満ちている。

ショパンのノクターン《夜想曲》が流れていて、ふと見ると奥の小さなスペースにピアノがあった。

女の人がそれを弾いている。

ノクターン。懐かしい調べ。

私は幼い頃、くり返しこの調べを聞いていた。

ううん、これだけじゃない。たくさんのピアノの調べを、毎日のように聞いていたんだ。

――あれは、いつのことだったのだろう。

レコードではなく、すぐ傍で誰かがピアノを弾いてくれていた。

私達の為に。

ピアノは絶え間なく音を奏で続けている。ノクターンが、第九番に移った。

私はカウンターに歩み寄って、カクテルを一杯注文した。

淡い緑の綺麗なお酒。粒々の泡が、真夏日のソーダ水のよう。

くらりと軽い目眩を感じて。

灼熱の陽射しの中に、放り出された気がした。

記憶の中の夏の日の午後。大きな木がざわざわと鳴っている。花と木に囲まれた庭の、小さな白いテーブルで、二人、ソーダ水を飲んでいた。

水滴のついたグラスの、のどに心地良い緑色の炭酸水。

家の中から聞こえて来るピアノの調べを聞きながら、ゆっくりと流れる時間を共有していた。

庭の中を走りまわって。

くすくすと笑う声。花を見て、空を見て、雲の数を数えて。

あの雲が私達のバァスディ・ケーキ。違うわ、誕生日はまだ先よ。じゃああの雲は私達のお城。二人だけの？　二人だけの。私達しか入れない、秘密のお城ね。そうね、だけど。だけどきっと、あのお城の中にも魔法の音楽が流れているのね。どこに行っても聞こえて来るわよ、だって魔法の音楽だもの。――きっとね。――きっとよ。

ピアノの音色に守られて、世界は夢色に輝いていた。


すっかり炭酸が消えて、温《ぬる》くなってしまったカクテルを私が飲み終わる頃、ノクターンは終わった。ぱらぱらと上がる拍手に軽く一礼して、彼女はまたピアノに向かう。曲は、シューベルトの『アヴェ・マリア』。『アヴェ・マリア』という同名の曲はたくさんあるけれど、これは私が一番よく知っているマリアだった。

彼女の指が、ピアノの鍵盤の上を滑る。

懐かしい、音だった。

曲ではなくこの音が。とても懐かしい。

なにかの記憶が告げていた。似ているのだと。

何よりも、愛しい。何故だかわからないのに、愛しさだけが込み上げる。

記憶を探ろうとして、目を閉じる。何かを言おうとして、口を開く。誰かのことを呼びたくて。

彼女の指が前奏を弾き終えて、知らず、私は歌いだしていた。

〈アヴェ・マリア〉

彼女がはっとしたようにこちらを見る。

一瞬、音が震える。けれどその指は止まらない。

〈我が君〉

私はカウンターにグラスを置き、彼女に近付きながら、なおも歌った。彼女の瞳は驚きを浮かべていたけれど、私の声を拒んではいなかったから。

視線が、からまる。見つめあう。

瞳の奥の奥の、心の中まで覗きこむようにして。

ふっ、と、彼女の口元に笑みが浮かんだ。ような、気がした。

《野の果てになげこう》

彼女が声を発した。アルトを、歌う。デュエット《二重唱》になる。

《乙女が祈りを》

視線をピアノの方に戻し、一生懸命に指を動かしながら。顔を上げて、歌う。

私は静かにその傍にたたずんだ。

鍵盤に影を落とさないように光源に気を付けて、彼女の気を散らさないように彼女の視界から少しそれて。それでも出来るだけ彼女の近くに居たかったから。そこに立っていた。

《憐れと聞かせ給え》

声が溶け合う。

綺麗だった。

私がこんな風に言うのは変かもしれないけれど、私達の声は綺麗だった。

彼女の声が、私の声の質さえも変えてしまったかのように。

——共鳴、という言葉が似合うかもしれない。

高く低く、響きあう声は混ざり合って、溶け合って。

ピアノの調べに乗って、天上の音楽のようだった。

ピアノの、調べ……。

私は以前にも、天上の音楽を聞いたことがある。

歌っていたのは誰だったろう。

女の人？

白い服を着た、とても優しい。亜麻色の髪の、穏やかな人だった。

ピアノを弾いているのは男の人。よく響くテノールの。こんな風なデュエットで『アヴェ・マリア』を……。歌っていたんだろうか。

あまりにも遠すぎて、わからない。

わからなくなってしまった、遠い記憶。


(まりあ)

男の人が、呼ぶ声。

『まりあ』——『アヴェ・マリア』？

窓からの風に、レースのカーテンが揺れていた。

(三時のお茶にしましょうね)

テーブルの上の四人分のティーカップ。クリーム色のカップに紅茶色がよく映えて、私達はそこにバラの花びらを浮かべて飲むのが好きだった。

『アヴェ・マリア』が終わって、私は彼女と一緒に拍手をあびた。静かに一礼して、彼女はピアノを離れる。

「もう、終わりなんですか」

声に出して聞いた。まだ、もう少し——。

「十二時までのお勤めなんです」

声が返り、時計を見ると十一時五十五分だった。

「あのっ」

自分でも何を言おうとしたのかわからない。口を開いたまま、黙って彼女を見つめた。

彼女も黙っている。

じっと、お互いの姿を見つめて。

ふと、彼女が笑った。

「家が、近くに。ピアノがあります。……よろしかったら、寄っていきますか」

自然、私はうなずいていた。

たどり着いたのは、蔦の這う古びたお屋敷だった。東京という街に、あまり似つかわしくはない。

ここが——?

彼女が門を開いた。目の前に広がった庭は、ひどく荒れている。

秘密の花園。

そんな言葉が頭に浮かんだ。

落ち葉という名の秘密の鍵で開いた扉の奥には、以前は美しかったであろう荒れ果てた庭があるのだ。幸せな思い出を詰め込んだ、けれど忘れられてしまった、花と樹と。

とても悲しい。

……この庭は、長い間手入れをされていない。

家の中も埃だらけだった。廊下の、彼女が歩く細い道筋だけが綺麗に拭き清められている。――彼女は掃除が嫌いなのだろうか。

私は埃を立てないよう、彼女の後ろを静かについていった。

細い道はまっすぐに続いて、一番奥の扉の前で終わっていた。扉を開くと大きなグランドピアノと応接セット。

予想外に綺麗だ。埃も、小さなごみ一つ落ちていない。

大切にされている部屋なんだ。大切に、守られている部屋。

彼女の思い出の秘密の花園は、庭ではなくこの部屋なのかもしれない。

そんなかすかな予感を抱きながら、私はその部屋に足を踏み入れた。


静かだった。とても。

彼女が紅茶をいれる準備をしている音だけが、やわらかに響く。

私はそっとグランドピアノに近寄った。

指を伸ばしてわずかに触れる。冷たいはずが、なぜかやわらかい。

なんて、不思議。

受け入れてくれた。包みこんでくれる。このピアノは私を知っている。

プレゼントの包みを開ける時みたいに、どきどきしながら、ふたを開けて赤い布を取って、鍵盤に触れた。

ポ――ンと一つ、高い音が出る。

音は静かに広がって。

彼女の耳に、届いた。

振り返り、笑う。

「弾いてみる？」

奇妙にピアノの音に馴染んだ声音で聞いてくれたけど、私はピアノを習ったことがない。

首を振ると、彼女はそれ以上何も聞かなかった。

銀色のトレーに、ポットやティーカップやシュガーポット、クッキーの小皿なんかを乗せて運んで来る。

ティーカップが二人分しか乗っていないトレーはなんだか寂しい。

私は紅茶を注ぐ彼女の手の動きをじっと見つめた。

あの頃、いつも紅茶をいれてくれた白い手に、似ているだろうか。

いつも聞いていた、ピアノの音と。

『アヴェ・マリア』と。

綺麗な歌声が、綺麗なピアノ曲がいつも流れていた、あの庭とあの家とあの人と。


両親が歌を歌っている時。

『お姉ちゃん』

声に出さずに肘のあたりにそっと触れると、しっと口に人差し指をあてて、いつもゆるく微笑みかえしてくれた。

私もあの人も、その歌声が大好きだったから。二人の歌声を、少しも聞き漏らしたくはなかったから。無言で『綺麗だね』と言い合っていた。

——それは二人だけに通じる小さな約束。


そして、彼女はピアノを弾く。紅茶が冷めてしまうのに。

私はシュガーポットのふたを開いて、そこにバラの花びらを見つけた。
「バラの花びらは砂糖菓子だったのね」
小さなつぶやきは、ピアノの音に溶けこんで、言葉としての意味を持たない。
よかった。
この音を壊してしまわなくて。この空間を、壊してしまわなくて、よかった。
この空間では、私の声は、歌声になる。
瞳と瞳で微笑み合って。
ただ歌う。耳を澄まし。その旋律に、時を忘れる。
綺麗な曲……。
泣きたくなるのはなぜだろう。
「理由は、言わないでね」
この曲がとてもとても懐かしいものだからだなんて。
それを言ってしまったら、私達が。
認めてしまう。真実を、知ってしまう。

今はまだもう少し、不思議な偶然として。ただの他人として、私はあなたと一緒にいたい。

わからないのに。
口に人差し指をあてて、ゆるく微笑む顔も。
空を見上げて、あの雲が私達のお城と言った顔も。
このピアノに触れて、父さんの魔法の楽器と言った顔も。
覚えているのはその空気だけ。つかみどころのない、あやふやな輪郭の記憶のかけら。
だから。
だからこそ、愛《いとお》しい。

朝日が差し込んだ。
開いたままのカーテンの間から、小さな庭の小さな灰色のテーブルが見えた。
昔、姉さんと一緒にソーダ水を飲んだ白いテーブル。

——だけどもう白くない。

「思い出は、美化されるものだから」

すぐ隣から、姉さんの声が聞こえた。庭を見つめて。

私はその横顔を見つめる。

「どんな風に過ごしていても、時間って流れていくものなのね」

すべてを忘れていても。私があなたの顔を忘れても。

「ごめんなさい」

私の謝罪の声に、姉さんが目を伏せる。

「あなたは、小さかったから」

悲しい声で言った。

「父さんと母さんは、」

「生きてるわ」

「じゃあ、なぜ？」

「私は生きてると信じてる。だから売り家になってしまったこの家に、こうして通って来て、両親が帰って来るのを待っているの」

こんな荒れ果てた家で？

「どうして私達は会えなかったの？」

東京の大学に行くのだと言った時、異様なまでに反対した両親の顔を思い出す。十数年間一緒に暮らした育ての親の顔なら、こんなにも身近に思い出せるのに。

「あなたはとてもショックを受けていたから、過去のすべてから切り離した方がいいのだと」

「大人達が、勝手に決めたのね」

そう言って、姉さんはもちろん、私も昨日で成人《おとな》なのだと思い出した。

少し、笑う。

姉さんが言った。

「あの頃のこと、覚えていないの？」

「少しだけど、思い出しはじめてるわ」

「……忘れてて、ほしいな」

顔を傾けて髪をわずかに揺らして、姉さんは、そう言った。

どうして。

とたん、私は何も言えなくなる。

どうしてそんなこと言うの？

「思い出は、美化されるものだから」

ゆっくりと歩いてピアノに近づいて、愛しそうにその鍵盤に触れて、姉さんは言った。

「虜になるから」

鍵盤に軽く指を走らせて。

「私は、忘れることができなかったから」

なぜ。覚えていることは、幸せではないの？

姉さんは椅子に座ってまたピアノを弾きはじめた。

少し疲れたように。

悲しそうに、幸せそうに。

——満ち足りた顔で。

「幸せだったわ。——だから過去から抜け出せなくなった」

ショパンの『別れの曲』

何度も何度もくり返し同じフレーズを弾いて。

けして先には、進もうとしないで。

「私はこの家で待ち続けるだけ。もうここに居ない人の幻想を追い求めて」

「生きてると信じてるんでしょう?」

「信じてる。信じたい。……だけど」

初めて、次のフレーズに移った。

「この曲も、いつも最後までは弾けない。なにかを認めてしまうような気がして」

両親の死を、『なにか』と言う。口に出すことさえ嫌なのだ。

だけど。

「思い出と共に、生きていくことは出来ないの?」

ピアノの音だけが、しばらく続いた。

……やがて、絞り出すような声で。

「出来なかった」

一言、ささやく。

うつむいて。震える肩。

私は悲しくなって目を伏せた。

部屋中に響く、ピアノの音。

朝日が姉さんの亜麻色の髪を、きらきらと照らし出している。

「だけど……」

光を払うように、姉さんが顔を上げた。

その横顔に、強い意志が見える。

ピアノを弾く手を休めずに。

「今日は、最後まで弾くわ」

瞳に力を込めて、言った。とても思い詰めているように見えた。

「姉さん……」

「ショパンの、『別れの曲』よ」

ゆっくりと言葉をつむぐ。その、横顔。

「私はこの家で待ち続けるから。この家と一緒に生きていくから」

かすかにまつげを震わす。

「過去の時の中で。だから……」

「――だから？」

続きを促すのは怖いことだった。だけど、目を逸らすことも出来ず。

私は姉さんを見つめて、その言葉を待つ。

「私は過去の人間だから。私の時は止まってしまったから。未来を、見すえることは、出来ないから。だから……」

ピアノの音に、力がこもる。姉さんの声は、ピアノにかき消されてしまいそうなほど、弱々しい。

だけど。

その言葉は、ピアノの旋律よりも強く、私の耳を、打った。

「だから、あなたは生きて」

「……」

長い、沈黙だった。

泣いていたのかもしれなかった。

ピアノの音が。

悲しいと、鳴いていた。


『別れの曲』が終わる。

姉さんは私を見なかった。

両手を膝の上に置いて、うつむいたまま黙っている。

私も、何も言わなかった。

何も言わず、じっと、姉さんが何か言ってくれるのを待っていた。

――もう終わりなの？

――私達の間には何もないの？

――思い出も、何も、私には残らないの？

……黙ったまま、ずっと。

しばらくして、姉さんの手がもう一度鍵盤の上に置かれた。

「最後に……」

弾きはじめた曲は、『アヴェ・マリア』だった。

けれど私達は歌わない。静かに、ピアノの音だけが響いている。

(まりあ)

(君の歌を)

(歌を、聞かせて)

あっ……。

何かの記憶が、ひらりと頭をよぎっていった。

「……一つだけ、聞いていい?」

姉さんがかすかにうなずく。

「母さんの名前って」

「『まりあ』よ」

その声は、凛と響いた。

一瞬、微笑み合う両親の姿を見たような気がした。

「……ありがとう」

私はそっと部屋を出た。その曲はまだ終わってはいなかったけれど。

廊下を歩いて、玄関を開けて、外に出る。

荒れた庭を通って、門からも出る。

後ろ手に門を閉めて、だけど一度だけ、振り返って、私は歩きだした。

ピアノの音はだんだんと遠くなっていく。


やがて、聞こえなくなった。

曲が終わったのか、私が離れすぎてしまったのか、よくわからなかった。

私の記憶はあやふやで、もう何もわからなかった。

けれど、私は振り返らない。思い出そうとは、しない。

私は前へ、歩く。歩いてゆく。立ち止まらずに。


数ヶ月して、いつまでも買い手のつかないあの家が、取り壊されたことを知った。

あの人は、どこで両親を待ち続けるのだろう。

いつまでも待ってくれる人のいる両親は幸せだな、とちょっと思った。

けれどそんな考えもすぐに忘れた。

私は二度と、あの小さなバーへは行かないだろう。あの日のことも、きっともう少ししたら忘れてしまうに違いない。

だけど。

私の耳の奥で、姉さんがくれたあの日のピアノの調べは消えない。幼い日の両親の歌声は消えない。

音楽を、捨てない。忘れない。きっと。

そうして今日も、私はどこからともなく響いて来る『アヴェ・マリア』の旋律を聞くのだ。

反射光

その時私は頬杖をついて左斜め下の方を見ていたのだけど、黒いロングコートの裾がひらりと翻った瞬間、それが彼だということに気付いていた。その歩き方が。足の運びが、記憶の中の彼と少しも変わっていなかったから。彼が引き起こした一陣の風が、私に彼を気付かせたのだ。顔を上げて見たその後ろ姿は間違いなく私が知っている彼のものだった。

彼は私に気付かず、店の奥へ歩いていく。無理もない。私はずいぶんと変わった。長かったストレートの髪は、軽く色を抜いて顎のあたりでウェーブを描いている。もうここは学校ではないのだ。お化粧だってしている。それに彼は例えそんな変化がなかったとしても、十年も前に付き合っていた女のことをいちいち覚えているようなタイプの人間ではなかった。

だからかもしれない。私は奥の席についた彼に声をかけてみることにした。

「おひさしぶり」

返事はなく、ただ彼の瞳がじろりとこちらを睨み上げる。睨むつもりでなくても、そういう風に見えてしまう人なのだ。私はじっと彼を見つめ、彼の無反応ぶりは気にせずに彼の正面に座った。

「もしかして、誰かと待ち合わせだった?」

だとしたら少し悪いことをしてしまったかもしれない。

彼はまだ口を閉じて私を睨みつけたままだ。私が誰だか思い出そうとしているのだろう。

でも私は自己紹介なんてしてあげない。自分で思い出しなさい、というのもあるけれど、
彼が私を忘れていることを前提にして話をするのは、彼と向き合う上ではタブーだと思ったのだ。そういう顔を見せたら、彼は例え覚えていても忘れたふりをするくらいのことはやりかねない。

ややして、彼がやっと吐息をついた。

「ああ……おまえか」

顔をしかめるようにして笑う。

「ずいぶんいい面構えになったじゃねえか」

「おかげさまでね」

『いい面構え』というのは彼流の誉め言葉なのだ。私は勝手にそれを『美人になったな』と解釈して微笑んだ。

「今、何やってんだ?」

「OL。地味な仕事よ」

「へぇ。それにしちゃなかなか」

「何よ」

「いい女になったから驚いてんのさ」

「よりを戻そうなんて言わないでよ?」

私が言うと、彼はにやりと笑って煙草に火をつけた。

「誰がおまえなんかと」

予想通りの答え。短いやり取り。他人が聞いたら冷たい会話だと思うほどの、それが、懐かしかった。

「あんたは今どうしてんの」

記憶の中よりさらに尊大になっている彼に合わせて、私も少し挑むように彼を睨みつけながら言った。

「相変わらずふらふらしてるよ」

「ふぅん」

私も煙草を取り出して火をつける。さっとライターを差し出してくれる彼に、少し驚きを覚えた。

「ありがと」

「どういたしまして」

私はじっと彼を観察してみた。あの頃よりもずっと肩幅が広くなって、全体的にがっしりしている。私はなぜ後ろ姿で彼だとわかったのだろう。いや、それ以前にあの一瞬の風の動きで、なぜ彼だとわかってしまったのだろう。

そう思って、泣きそうになった。軽く首を振って、心の奥に蓋をする。

彼を見ると、私につられたのか彼も一瞬だけ顔を歪めて泣きそうな顔をした。そして、じっと私を見つめる。どんな表情も浮かばない、あの時と同じ顔で。

彼が謝罪の言葉を口にするのを聞いたのは、あの時が初めてで、そしてたぶん最後だったと思う。

「悪い」

たった一言、それだけ。

言って、彼は表情を殺した顔でじっと私を見つめた。

「わかった」

私にはそれしか言えなかった。どうしても理由は言えないのだと。彼がそう言ったから。

そうして、私達は恋人という肩書きをなくした。


なぜ理由を言ってくれなかったのか、それは未だにわからない。けれど、彼がひどく真剣だったということだけは確かだった。私達の思いは、軽いものではなかった。だからこそ、私は理由のはっきりしない別れ話にも、彼の真摯な思いを感じ取ってあっさりとうなずくことが出来たのだ。

一体どんな理由があったのか、今更聞くことでもなかった。

それは今の私達には関係のないことだった。

私達はもう別々の道を歩んでいる。私は彼がいなくても、普通に生活を続けていたし、きっと彼もそうだったのだ。今も、彼には付き合っている相手がいるに違いない。

いい面構えになったたな、とさっき彼は言ってくれたけれど、それを言うなら私の方だ。

一瞬、見とれてしまうほど。

彼は成長して大人になっていた。

もうお互い二十七で。彼女がいない方がおかしい。いや、もしかしたら婚約者が。

問いただせば真実になってしまうであろう、予想上のその事実を私は冷静に受け止めていたし、あえて深く追求することもなかった。

なぜ彼に声をかけてしまったのか、それだけが自分でもよくわからなかったのだけど。


沈黙のまま時が流れた。けれどそれは居心地の悪いものでもなかった。時折、カップを口元に運び、お互いの姿に昔の面影を垣間見ながら、記憶を反芻している。彼に会えない十年はとても長かった。今私達の間に流れる時間は、とても静かだ。あの頃と同じ。

重傷、かもしれない。

こんなことを考えてしまうなんて。

こんな思いには、自分から終止符を打ってしまった方がいい。

「明日、お見合いをするの」

本当の話だった。今まで何人か付き合った人はいたけれど、結婚まで話が進む人はいなかったから。

「上司の勧めか？」

「そんなところ」

肩をすくめるでもなく、嬉しそうにするでもなく、私は淡々と言った。彼も感情をあまり見せない。いや、少し笑っているようだ。

「相手の男がお気の毒、だな」

軽く腕を組んで言う。その時彼の左手首に、私は細い金のブレスレットを見つけた。今までコートの袖に隠れて見えなかったのだ。そう、彼はこの暖かい店内にもかかわらずコートを着たままだった。

一瞬の金の反射光。

それは十年前に私が彼にあげたものだった。

それに気付かないふりをして、必死で震える心をなだめる。

――ずっと身に着けていてくれた。

私も。私の耳元にも、彼のくれた銀のピアスがついたままだった。

大学生になったらピアスの穴を開けるのだと言った私に、気が早いけど、と言ってくれたものだ。結局、彼にピアスをつけた私の姿を見せることはなかったけれど。

さっき軽く首を振った時に、彼もこのピアスに気付いたかもしれない。

だったら。

だったらどうするというのだろう。

私達の間にはもう何のつながりもないのだ。

「――なんで相手の男が気の毒なのよ」

お見合いのことに頭を切り替えた。彼は自信ありげに答える。

「なぜなら、おまえはその話を断るからだ」

「断定は出来ないわよ?」

「おまえが見合いでおとなしく結婚ってガラかよ」

「妥協するかもしれないじゃない」

少しむきになって言った。

「『妥協』。ほらな、乗り気じゃない」

私は顔をしかめてそっぽを向く。

「お見通しなのね」

なんだかくやしい。

「俺がなんでコートを来たままなのかわかるか」

突然、話が飛んだ。

「寒いからでしょ」

つっけんどんに答える。

「隠しときたいものがあったんだ」

「何？」

「さあ」

言って、いつもの調子で笑っている。

もう、わかっている。お互いの気持ちが。けれどまだ。

「いつ私に気付いたの」

「店に入った時、すぐに」

「なんで」

私はうつむいて、彼には顔が見えなかったはず。

「頬杖。それだけ」

ああ、確かに。そういうものなのかもしれない。私だってそうだったのだから。

「なんですぐに声をかけなかったの？」

「おまえが俺に気付くかと思って」

「そして、私は気付いた」

「おまえの面構えを見ていい女になってなかったら、無視してやるつもりだったけどな」

「まあひどい」

彼なら本当にそうしただろう。

「相変わらずヤな男ね」

私の誉め言葉に、彼は笑った。

「よりを戻そうなんて言うなよ?」

「誰があんたなんかと」

私は煙草の先をぎゅっと灰皿に押し付けて、不敵な笑みを浮かべる。立ち上がって、コートを羽織った。

彼は確かに変わったけれど、私が惹かれた彼の心の在り方が変わっていないのが嬉しかった。そして私も。今、彼の前にいる私の心の底から湧き出す想いは、あの頃のままだった。

「でもどうせなら食事のお誘いがいいわね」

振り返って、気まぐれのように言ってみる。

「あいにく、俺は今腹が減ってないんだ」

彼も立ち上がって伝票をつかんだ。

一瞬の沈黙。

「見合い、断るんだろ」

確認ではなく、当然のように彼は言った。

「どうかしら」

私は軽く髪をかき上げる。光る銀色は、私が彼の予約済みの証。

――気付いてくれるか。

賭けるように。私の瞳は彼を見つめる。

彼は、私に向かって伝票をつかんだ左手を上げてみせた。

ブレスが、光る。

「代金、おまえもちな」

「ちょっと、」

抗議しかけた私の声に被せるようにして、彼が言った。

「なぜなら、来週は俺が昼飯をおごるからだ」

私に伝票を押し付ける。

「同じ時間に、この店で」

「しかたないわね」

承諾の返事の代わりに、私はわざとらしくため息をついてレジに向かった。

乱反射—反射光Ⅱ—

その時私達は太陽の差し込む部屋で朝食を食べていたのだけど、熱すぎるコーヒーに顔をしかめている彼は、いつもより少し幼く見えた。

喫茶店で彼に再会して半年。私達は現在いわゆる同棲状態にある。

「なんでこんなことになっちゃったんだか」

つぶやいてみるけれど、そんなに嫌な毎日でもない。適度に片付いた部屋に清潔なキッチン。窓辺に飾った一対のワイングラスは、私が買ってきたものだ。複雑なカットが朝日を反射して、部屋中に透明な光を投げかけている。

「まだ頭が寝てるのか？　早く食わないと料理が冷めるぞ」

彼は相変わらず口が悪い。

「そのブレスレット」

「これがなんだ？」

左手にちらりと視線をやって、彼は答える。金色の反射光。十年以上前に私が彼にあげたものを、彼は今も大事に身に着けてくれているのだ。もちろん、私も彼からもらった銀のピアスを大切に使っている。

「仕事の時とかどうしてたの？　洋服の袖で隠してたの？」

「ああ」

「でも手を下に下げたら落ちてくるわよね」

「時計の所で止まってたからな」

「あっそうか」

　確かにそうだ。

「夏に長袖は辛かったぞ。——おまえは良かったな、女で」

　笑いを含んだ声で言う。私は軽く睨み返し、

「そうでもないわよ。なんでいつも同じピアスしてるのかって、散々聞かれたわ。二十歳の誕生日に新しくもらったのも、その日一回着けただけでしまいっぱなしだし」

　彼が少し眉をひそめた。そして立ち上がって私の頭をかき回す。

「そうか、そんなに俺が忘れられなかったのか」

「っ違うわよバカ」

「顔が赤いぞ」

言われて私はそっぽを向く。

「わっ忘れられなかったのはお互い様でしょ」

お互い、十年間も相手からもらったものを大切にして。

「ああ、忘れなかった」

その声の真剣な響きに顔を上げると、彼は私の頭に置いた手をすっと頬に滑らせて、もう一度言った。

「忘れてなかったぞ」

「……」

「おまえみたいな気の強い女、忘れたくても忘れられん」

私の頬をぎゅっとつねり、にやにやと笑う。

「痛っ。――からかったわね」

「俺は本当のことしか言ってないぞ。ほら今も顔が赤い」

「あんたにつねられたせいよ！」

「隙を見せるのが悪い」

「それはあんたが……」

「俺があまりにもいい男だから見とれたか」

とっさに言い返す言葉が見つからず、私は無言で彼を睨んだ。

「まあ俺以上にいい男なんかいるわけがないが」

「何うぬぼれてんのよ」

小声の非難は彼の耳に届かない。

「他の男の前で、そんな隙は見せるなよ。おまえはまだ独り身ってことになってるからな」

私の左手に視線をやる。薬指に、指輪はない。

――そういえば、彼がこんな不可解なことをするのは。

気付いて、私はこっそりと笑う。

「さっ早く食べちゃいましょう」

急に上機嫌になった私に、彼は不愉快そうな顔をした。

「おまえのいれるコーヒーは熱すぎる」

そしてそんなことを言う。

「でも温《ぬる》いのだって嫌いでしょ」

だからコーヒーにいれるミルクだってわざわざ温めてからいれてるのだ。

「俺はブラックが好きだ」

「ブラックは胃に悪いの。煙草だって吸ってるくせに、それ以上体痛めつけてどうすんのよ」

「だからこうやって毎日おまえのいれる『カフェオレ』を飲んでるだろうが」

わざわざ『カフェオレ』を強調して言う。

「じゃあ明日からあなたがいれる?」

「俺の仕事をこれ以上増やすつもりか」

憮然として彼が言った。朝食を作るのは彼の仕事なのだ。理由は、彼の方が上手だから。くやしくって私も練習しているのだけれど、彼の作るものの方がおいしく感じるのだからしかたがない。——それに、コーヒーはやっぱり私がいれたい。

黙り込む私に、彼は突然話題を変えた。

「明日は夏至だな」

「それが何？」

「日の出が早い。――俺は今日は遅くなるぞ」

面食らう私に、楽しそうに彼は言った。

「あと三分で、家を出る時間だな」


「嘘っ」

慌てて席を立った。

「時計を見ろ」

「本当だわ、大変」

とたんに時間が動き出したような感覚を覚えて、俺は彼女がばたばたと動きまわる物音を聞いていた。彼女の方が会社が遠い。故に家を出るのは彼女の方が三十分ほど早いのだ。

「……ま、俺が五分ほど時計を進めておいたんだがな」

彼女が俺の傍を通りかかった時に、ぼそりとつぶやく。

「どうしてあなたはそういう手の込んだ悪戯をしたがるの！」

「趣味だ」

「すばらしい趣味をお持ちね！」

「お誉めにあずかり光栄」

「誉めてない！」

叫んでまたばたばたと行ってしまう。それでも自分の分の食器をきっちり洗っている所なんて流石だ。

だから、あせらなくてすむように時計を進めておいたんだが。――あまり効果はなかったらしい。

「行って来るわ」

「おう」

玄関まで見送りに行く。

「そうだ、私の持ってるもう一つのピアス」

ドアを閉める直前に、彼女が言った。

「誰からもらったか、知りたい？」

――やっぱり見抜かれていた。とたんに俺は不愉快になる。それでも顔だけは余裕で笑って。

「興味無いな」

「あっそ。知りたくないんだ」

彼女が髪をかき上げる。耳元に光る色は、銀じゃない。

「――っ」

「気分転換。たまにはいいでしょう？」

にっこり。余裕の笑みを見せ、それからおもむろに彼女は左手を開いて見せた。銀の光が二つ。

「ちゃんとお守り代わりに持ってくから。今着けてるのはね、女友達にもらったの。ほんとよ。愛してるわダーリン」

投げキスをして風のように彼女は去っていった。

やられた。

「あいつ……」

足取り重くリビングに戻り、食器を下げようとして、まだコーヒーが残っているのに気付く。今朝は散々文句を言ったけれど。

「あいつがいれた方が、旨いんだよな」

コーヒーを飲み干して。天井を仰ぐ。

ピアスの話を持ち出された時、いつになく動揺したのには訳がある。

十年前、一方的に別れを持ち出したのは俺だ。理由を言わない俺を、彼女は問い詰めなかった。一言の、非難もなかった。だからこそ負い目が残った。誕生日にプレゼントをくれるような男がいたなら、今頃そいつと結婚していた可能性だってある。こんな中途半端な関係のまま、あいつが不安でいることもなかったんだという思いが一瞬。

それから、俺の知らないあいつの十年間に対する嫉妬が残りの大半。——結局プレゼントの主は女だったわけだが。

十年の月日を経て、それでも俺を選んでくれた。だから大切にしたい、とは思っているのだが。

「——俺にはもったいないようないい女だよな」

ふと視線を動かし窓辺を見ると、一対のワイングラスが朝日を反射してプリズムを作り出している。

太陽が動けば消えてしまう、はかなさ。

あまりにも美しいものを見ると、泣きだしたくなるような一瞬があって。

軽く笑った。

「……綺麗だな」

俺はそれから二時間ほど時間をつぶして家を出ると、いつもとは違う道を歩き出した。

私はささやかな勝利感で、一日中機嫌が良かった。彼があんな風に慌てた顔を見せるのはとても珍しいのだ。

家に帰り、夕食を作る。彼は今日は遅いと言っていたから、夕食はいらないだろう。こんな時こそ、料理の腕を上げるいい機会なのだけど、一人で食べる食事は気のせいか味気ない。

「遅いって何時頃になるのかしら」

寝室に行こうとリビングの電気を消すと、蛍光塗料で光っている時計が一時を指しているのに気付いた。いくらなんでも遅すぎる。

——今朝のことを怒っている？

まさか。そんなに子供らしくすねたりするほど彼は可愛げのある男ではない。

誰かと飲んでいるんだろうか。終電を逃して帰れずにいるとか。

私はそのまま時計の前に座り込んだ。

一時間が経ち、二時間が経ち、私は彼にもらったピアスを取り出した。

不安になると、いつもこれを握り締める。

「帰って来るよね」

小声でつぶやいて、ふと視線を上げ、窓辺のワイングラスが一つなくなっていることに気付いた。嘘。

「これって、どういう意味……」

慌ててキッチンに行き、流しを見る。食器棚を調べる。……あるはずが、ない。

彼の意志で、持ち出されたのだ。

「どうしよう……」

理由がわからない。へたり込む私に、声をかける人は、居ない。

どれだけそうしていただろう。部屋の温度が一気に下がって、明け方が来たことを知った。

やがて光が差し込む。ワイングラスの反射は、いつもと違った形のプリズムを投げかけた。

グラスが一つだから、反射の数も、少ない。……はずなのに。グラスは、いつもより多彩で複雑な光を放っている。

私はじっとグラスを見つめた。

「まさか……」

そっとグラスに近付き、中を覗きこむとそこには一つの指輪が有った。プラチナの台に、小さなダイヤモンド。

取り出して、指にはめる。

七色の乱反射。

「綺麗……」

つぶやいて、涙があふれた。

「あの人、どうやって指のサイズなんか……」

「よく似合うぞ」

いつの間にか彼が傍に立っていた。

こんなにもあっさりと罠にはまって。普段だったら、そんな時すぐに憎まれ口をたたくのだけど。

「あなたって人は」

私の口元には笑みが浮かんでいた。彼が、にやりと笑い返す。

「手の込んだ悪戯が好きなんだ」

やられた。

私はこつんと彼の胸に頭をつけた。

「ありがとう」

白い壁に、天井に、七色が輝く。

「……綺麗だよな」

「教会のステンドグラスみたい」

彼が不意に私を窓の方に向けた。ワイングラスを指差して。

「これが神父な」

無機物を指して、神父？　くすりと笑う。指輪にそっと口付けたのに、彼は気付いたかどうか……。

「約束や永遠なんて言葉は言わない。先のことは保証出来ねえからな。だけど今、おまえは」

「あなたが好きよ」

遮って言った。彼の顔を覗きこむ。

「……指輪を着けてると素直になるんだな、おまえは」

「一生素直でいて欲しい？」

冗談めかして答えた。

「……」

「ちょっと、その沈黙は何？」

怒りながらも、彼の頬がかすかに赤いのに気付く。

「だから、先のことなんて保証出来な……そんな、軽々しく口にするもんでもないだろうが」

「私の想いは軽くないわ」

とびきりの笑顔で、正面から彼を見つめる。先に言い出したのはそっちなんだから、はっきりと聞かせてもらうわよ。

「あぁもう……」

心底後悔しているような表情で彼はしばらくあらぬ方を見やっていたけれど、一瞬だけ、真剣な眼差しをして、

「愛してるよ。――朝食作るっ」

台所へ行ってしまった。私は満足してその後を追う。

「コーヒーをいれましょう」

いつもよりも早い朝食。

熱すぎるコーヒーに顔をしかめている、その少年のような表情に、私が毎朝幸せな気持ちになっているなんて、この人はきっと知らない。知ることも、ない。

反射角—反射光Ⅲ—

その時私は彼から貰った指輪をはずしていたのだから、怒る権利なんてないのかもしれない。けれど、彼の言葉の鋭すぎる反射角に。怒りに任せて口を開こうとした。

なのに彼の顔を見ると、彼はその言葉に不似合いな優しい瞳をしていて、私は何も言えなくなってしまったのだった。

「あんたってわかんない」

「どうした突然」

「何考えてるんだか」

「教えてほしいのか？」

「んー何かほんとのことは教えてくれなさそうだからいい」

「よくわかってるじゃねえか」

「そうね」

なんて淡白な会話なのだろう。もう少し恋人らしい会話とかってないのかしら。もちろん、こういう毎日の何気ない会話が楽しくて愛しかったりもするのだけど。

それに、そんなことより。私が今問題にしてるのはさっきの彼の発言なのだ。

毎朝恒例のコーヒーをいれようと、お湯が沸くのを待ちながら、指輪をはずしてそれをぼーっと眺めていた私に、彼はこう言ったのだ。

『おまえは後五十年くらいずっとその指輪をはめていろ』と。

『その指輪』というのは少し前に彼から貰ったダイヤモンドで、私は本当にとても嬉しかったのだ。なのに五十年って。この指輪は婚約指輪でしかないのに。

彼は私と一緒に未来へ歩いていくつもりはないんだろうか。

再会してたった半年で指輪なんて貰ってしまったせいか、今の私は欲張りになっているのかもしれなかった。

じぃっと彼を見上げる。

相変わらずの、笑顔。彼がこんな顔をしている時、たいてい私は彼の罠にはまりこんでいて、勝ち目はない。

さっきの言葉は、どんな意味があったんだろう。

私はすぐに、『結婚指輪はやらない』という意味にとってしまったんだけど。

何か違う意味がこめられているに、違いない。

何か違う意味が。

とか思ってるんだろうな、こいつ。

俺を見上げる彼女の瞳には困惑が広がっている。そんな顔しなくても、深い意味なんかない。単に俺が、照れてストレートに言えなかっただけなのだ。

これからもずっと、傍に居てほしいと。

ダイヤの指輪ひとつ渡すのにも、どうしたらいいかわからずに遠まわしな方法しかとれなかった。

彼女はそんな俺の不器用なところを知らない。

大体こいつは変わっている。毎朝毎朝コーヒーをいれてくれるのだが、その時が一番いい顔をしているのだ。丁寧にカップを暖めて、とてもやさしい顔を。

正直、コーヒーのヤツがうらやましかったり、する。

そうやって彼女が微笑むのを知っているから、今朝に限ってコーヒーではなく、俺のやった指輪を見て目を細めている様子が、どうしようもなく愛しくなってしまったのだった。

「ねえ、もしかして」

ひとつの予感に私は口を開いた。

「さっきの言葉は、後五十年でも、六十年でも、ずっと傍に居てほしいって意味？」

彼の顔を覗きこむ。かすかに赤くなっているのに、私は苦笑した。

「そうよね、結婚してしまえば離婚だってありえるけれど、婚約者のままだったら次に控えているのは結婚ですもの」

なんて、遠まわしなセリフだろう。だけどいい。大切なのは、その言葉を言った時の、彼の気持ち。

「私も、おんなじ」

おんなじ気持ち。

微笑むと、彼はますます赤くなって、それから優しく笑ってくれた。

その顔を何度でも見たくて、私は何度も何度も彼をからかっては笑っていたのだけど、
やがて私の唇を彼がそっと塞いで、キッチンいっぱいにやかんのシュンシュンいう音とフ

ライパンのジュウジュウいう音だけが広がったのだった。

乱反射以前

その時私は久しぶりに過ごす一人の休日を楽しんでいたのだけど、家を出る時に彼に告げた目的地を変更してしまったことに心の底から後悔していた。

当初の予定通りに行動していれば、こんなシーンを目撃してしまうこともなかったのに。

——彼は、私の知らない女の人と歩いていた。

どうしよう、というのが最初に頭に浮かんだ言葉。見なかったことにしてしまいたい、なんて、私は彼のことになると、とても臆病だ。

だけど。彼はそんな人じゃないはず。もしほかに気になる人が居れば、私とのことをきちんと清算してからにするだろう。彼はそういう人だ。

確信があった。十年ぶりに彼に再会して、それでも私達は一瞬でわかり合えた。絆は、深い。だから疑わない。疑いたく、ない。

けれど小さな不安は膨らんで……。

早く本当のことを知って、安心したい。……彼に聞いてみようか。

悪い予感がしていたのだ。

彼女がその日の気分によって予定を変更する人だということは知っていたはずなのに。大丈夫だろうと高をくくっていた。彼女が最初に行くと言っていた場所に、時間をずらして行くべきだったのだ。

目の前には彼女の不安そうな顔。その瞳はかすかに潤んでいる。だが。彼女に贈る指輪を、知り合いの女に選んでもらっていたなんて言えない。

彼女の部屋でこっそり調べた指輪のサイズを予約して、一週間後にとりに行くなんてなおさら言えない。

彼女のこんな顔を見るのは初めてで、どうしたらいいかわからなくなった。

信じてくれと一言言うはずが、戸惑っている。

再会した時の彼女はこうじゃなかった。十年前の彼女も。こんな顔を見せることはなかった。いつもお互い張り詰めていて、相手の出方を窺っていた。そんなシャープな関係が、俺は気に入っていたはずなのだが。

一緒に暮らすようになって、いつのまにか、馴れ合いの関係になっていたのか。

考えてみれば、俺もそうだ。以前ほど、突っ張った態度をとらない。

俺達の、変化。

変わっていく二人の関係。なぜだろう。以前の俺なら、いかにも恋人同士、というべったりした関係は嫌いだったはずなのに、いつのまにかそれに慣れ親しんでしまっている。問題なのは俺がそんな関係を嫌だと思わなくなっていることだ。歳をとったということなのか。彼女の素直な反応が可愛い。


「本当のことは今は言えない。けど、おまえが心配するようなことはないぞ」

「……わかった」

それ以外に何が言えただろう。

彼はこんな時に嘘を吐くような人ではない。今は言えないと言った以上理由を教えてはくれない。

私の中の彼に対する信頼が、これ以上の質問を不可能にしていた。

——彼は変わらない。

十年前の彼でも、同じことがあって、私が問いただしたら同じ反応を返しただろう。でもあの頃の私はきっと正面からこんな話題を振ったりはしない。泣きそうな顔なんて、絶対見せない。

何でこんなに子供みたいになって。

——いや、違う。

あの頃が子供だったのだ。一生懸命突っ張って大人ぶって。

私達の関係は成り立っていた。

今は、彼と居ると素直になれる。安らかな気持ちでいられる。

「……いつか理由を教えてね」

「……もう少ししたらな」

「それまで信じてる」

「わかった」

彼が軽く笑った。

こんなところが。十年前と違う。

——彼も変わったのだ。

私達の、変化。

「再会出来て、よかった」

会えなければ、彼のこんな顔を見ることもなかった。私がこんなに素直に想いを口にすることも。

「そうだな。俺もよかったと思うぞ」

少し驚いて。

「今日は何でそんなに素直なの？」

「誰かの影響じゃねぇの」

「……って、今日一緒だった女の人ぉっ？」

思わず叫ぶ。

「おまえっ。信じるんじゃなかったのか」

「それでも気になるのは仕方ないじゃない！」

「だから気にするなって言っただろう」

「だってっ……」

上目遣いに彼を見る。

以前は対等でありたいと思っていた。

今は素直に甘えられる。

彼はひとつため息をつくと、言った。

「おまえが妙に素直なこと言うからつられたんだ。俺は基本的に気に入ってるヤツの影響しか受けない。——これで満足か」

私はとたんに機嫌を直してうなずいた。

「まったく」

なんて言いながら、彼が私の頭をくしゃくしゃと撫でる、そんな瞬間がとても幸せだと思う、そんなある日の出来事だった。

反射角以前

その時俺は起きたばかりで頭が完全には覚めきっていなかったのだが、時計を見ると十二時を指していて心底驚いた。

寝過ごした、と一瞬思ったが、部屋に太陽の光が斜めに差し込んでいる。まだ午前中だということだ。

もう一度、時計を見るとそれは十二時を指したまま——つまり、止まっていた。

ベッドから出て隣の部屋に行く。

テーブルの上には朝食の用意。まだ温かい。なら今日は日曜だから、せいぜい八時半というところか。

とりあえず時間を知ろうと時計を見るとそれは三時を指していた。……おかしい。時計もそうだが、彼女の姿が見えないのもおかしい。というか、動いているこの時計が三時を指していて、それが俺のやったことでないということは、犯人は彼女しか居ないのだ。寝室の時計も彼女が電池を抜いたのかもしれない。

調べてみると、案の定だった。

家中の時計を見ると、どれも勝手な時間を指している。

「あいつ……」

目的は何だろうか。

思ったとたん、彼女が部屋に入ってきた。

「この間の、おかえしよ」

この間、というのは、俺が時計を五分進めていたことだろう。

だが。

「『おかえし』……『しかえし』と言わんか、これは」

「だから、おかえし」

言って彼女は俺の左手を取った。手首に時計をつけてくれる。

正確な時間を刻んでいる、初めて見る時計だ。

「なん……」

「指輪ありがとう」

彼女が笑った。

——そういう意味か。

「サンキュ」

左手を軽く上げ、言う。その言葉に彼女が笑みを深くする。

俺は珍しく自分に正直になって、彼女に微笑を返したのだった。

名残

彼女は出すぎたまねをせず適度に人としゃべり微笑みを絶やさず学校帰りには多分友人とどこかに立ち寄り仲間意識を深めて、可も無く不可も無くそこそこの生活をキープしているであろうごく目立たない生徒だった。

まるで私とは正反対な。

同じ教室の中、一年間けしてかかわりを持たないであろう異なる世界の住人。

そう、思っていた。


きっかけは一瞬の彼女の笑み。

それは笑みと呼ぶにはあまりにも暗く、自嘲的な笑いだった。

友人と談笑しているはずなのに。

彼女は俯き唇を歪めたのだ。

気付いたのは私だけだったろう。

彼女は微妙に首を傾げ、髪の毛で横顔を友人から隠していた。

彼女が顔を向けた方向に、たまたま私が居たのだ。

そして、私は感じ取ってしまった。

彼女はただ友人との会話がつまらなかったわけではない。

友人を馬鹿にしているわけでもない。

何を求めているのでもない。

全てを諦めているのだ。

何も望んでいない。

彼女の瞳は何も映してはいない。

こんなところで意味も無いのに談笑をしている自分の姿にあきれているのだ。

全て無駄なことなのに。

何故こんなことをしているのだろう。

そう思っているに違いない。

何故だかかわいそうだった。

何故諦めを持たなくてはならなかったのか、わからないけれど。

それからも私は彼女の姿を追いつづけ、彼女が誰とも話そうとしていないのに気付いた。

彼女はけして自分から人に話し掛けない。
話し掛けられたら返事をする。普通に会話を広げる。微笑む。
けれど自分からは。
それでも同じクラスだからどうしても話さなくてはいけないことはあるけれど。
必要に迫られた時以外、彼女は自分から口を開かない。
誰も気付いていないけれど。
完全な拒絶だ。
彼女は誰をも必要としていない。
誰も彼女に話し掛けなかったら平気で一日中口を開かずにいるだろう。
その姿は孤高の人だった。
彼女の世界には誰も住んでいない。
誰と一緒にいても彼女は独りなのだ。

何故大丈夫なのだろう。

私も一人でいることは多く。

友人も数少ない。

それは私のこの愛想の無い性格のせいなのだけど、私としては何も困ったことは無い。

むしろ広く浅くのうわべ付き合いは私の人物像について全く誤った認識をされてしまうので厄介だ。

下手に愛想良くするとどうでもいい人間まで寄ってきて、私は一人の時間が持てなくなって、窒息してしまう。

だから無理をして皆と仲良くなんてことはしない。

私のこんな態度もずいぶん頑だと思うけれど。

でも理解者がいて、本当の独りではない。


彼女は誰にも心を許していなかった。

人の輪の中にいるのに、その瞳は、いつも一人。

私は彼女から目が離せなかった。

そして、ある日、偶然彼女と二人きりになった瞬間に言ってしまった。

「あんた、すごい冷めてるんだな」

とっさのことで、言葉が少し乱暴になってしまったけれど。

彼女は不思議な色をした瞳でじっと見つめ返し。

「どうして？」

と訊いた。

「暗い笑い方をしたから」

「……そうだった？」

そして、笑んだ。

透明な瞳に喜びを浮かべて。

「見抜いたのは、あなたが初めてだわ」

彼女は嬉しいのだった。

私が見抜いて。

自分の絶望を知られたことを、私と何かを共有できることだと思ったのかもしれない。
あるいは、諦観を。
あるいは、孤独を。
彼女が何を考えているのか、私にはわからなかった。
何故一人でいようとするのか。
彼女は答えてくれなかったけれど。
ただ。
いつだったか、誰とも友達になれないのだと、言った。
それは彼女が不器用だからとかではなくて。
輪に入れないからとかではなくて。
友人になる気がしないのだと。
馬鹿にしているわけではなくて。
軽蔑とかそういうのではなくて。
それは、嫌悪。

嫌っている。
何故かはわからないけれど。
心をけして許さない。
――私には、違ったけれど。
私にだけは、あの時見せた笑顔を。
それからも何度か見せてくれた。
笑っていればいいのに。
そうすればもっと人に好かれるだろう。
そう言うと。
好かれたくないの、と短い答え。
うっとうしいから。
誰にも近付いてほしくないのだと言う。
そこは私に似ているかもしれない。
たくさんの友人は要らないから、何人かの親友を。

そう、思っているのだろう。

ただその親友になれる人間がまだ現れないだけで。

私は、その候補に挙がっているだろうか。

少なくとも心を許してくれてはいるようだった。


なんとなく思った。

彼女は少女なのだ。

少女のその潔癖さで、誰もが持っているであろういいかげんさや無責任さが許せないのだろう。

だから、周りと打ち解けない。

ひどく真っ直ぐなのだ。

けれど素直すぎて。

周囲の人を、許せない。

そして頑になってゆく。

息を、殺して。

心配だった。
彼女が誰かに心を開く日は来るのだろうか。
それともずっと一人……？

私の心配が伝わったのか。
「大丈夫」
とだけ彼女は言った。
そして私を小さな喫茶店へ連れて行った。
慣れた調子でマスターに声をかける。
もう一人店員がいて。
十代後半ぐらいの男の人。
そして、わかってしまった。

微笑む仕草で。
彼女は彼を。
そして彼もとてもとても彼女を大切にしている。
恋人同士？
彼女の片思い。
たぶん、そう。
だけどきっと思い合ってる。
口に出さないだけで。
二人の姿は微笑ましかった。

彼女は全てを拒絶しているわけではない。
心を許し、思い合う人がいる。
だから『大丈夫』なのだろう。
私は彼女の心配を止めた。

今は微笑みを浮かべて彼女を見つめられる。
ウエイターの彼が、彼女を少しずつ変えているように思えた。
だからといって彼女が皆に話しかけるようになったわけではないけれど。
微笑みをよくこぼすようになった。
彼女の中で、気持ちの整理はついたのだろうか。
尋ねてみると、まだ頑だったけれど。
私にこんな話をしてくれた。

小学生の頃、好きな男の子がいて。
けれど彼はクラスから浮いた存在で。
六年生の最後の席替えで彼と同じ班になったのだけど。
私は嬉しかったのに。
恥ずかしくて。
クラスの他の皆よりも酷く。

思い切り嫌なふりをした。
それまでは彼と時々話をしていたのが。
それ以来一度も話すことなく。
きっと今も誤解されたまま。
その後中学の三年間。
同じクラスになることはなかったけれど。
ずっと彼を想っていた。
卒業する前。
最後の大掃除で、水道で雑巾を絞っていて。
絞り終えて振り返ると、すぐ後ろの壁にもたれて彼がいた。
その瞳はそっぽを向いていたけれど。
心臓が止まるかと思った。
思わず口を開きかけて。
気持ちを伝えそうになって。

結局何も言えなかったけれど。
伝えていればと思う。
ずっと、悔やんでいる。
傷つけてしまったことを謝って。
本当は好きなのと、伝えたかった。
今も、切ない想いが消えないでいる。

私は黙って聞いていた。
彼女は言う。

彼のどこが好きだったのか。
一言では言えないけれど。
一目惚れに、近かった。
彼の持つ雰囲気に。

私は、惹かれて。
こう、思うの。
彼と私は。
魂の色が同じ。
とても近しい。
私の好きな画家はモネで。
彼の好きな画家はゴッホで。
私はそれまでその画家の名前さえ知らなくて。
調べて、見て。
彼はゴッホのどこが好きなのだろうなんて。
考えてみたりして。
高校生になってからゴッホの展覧会に行ったりもした。
私の貸した小説を、彼は楽しそうに読んでくれて。
私の言った考えに、彼は意外そうな目を向けて。

魂の色が同じ。
それは。
感性が似ている。
好みが似ている。
そういうのは、いくらでもあるけれど。
けれど、どんなに思いが食い違っても。
望みが夢が遠く離れていても。
それまでの経験も思い出も異なるものでも。
敏感な心で感じ取ってきた孤独の形が同じ。
心に抱いている孤独が同じなら、きっと私達は理解し合える。
それが、魂の色が同じということ。
彼なら私の孤独を理解してくれる。
……なんて、私が勝手に思ってるだけかな。

そして彼女は恥ずかしそうに笑った。
でも、と続ける。

でも、高校生になって。
もう二度と会えないと思っていたのだけれど。
休日に入った小さな喫茶店で。
彼に再会した。
それが、あのウエイター。
今も私は誤解されているだろうけれど。
彼は優しくて。
側にいると幸せになれる。

私はうなずいて。
切なくなった。

彼女の想いはとても真摯で。
そのひたむきさが伝わってくる。
彼女は少し潤んだ、けれど決意を秘めた瞳をしていた。
囁くような声で。

だからね、もう悔やんだりしないように。
近いうちに想いを伝えるつもり。

その顔はしっかり恋する女で。
初恋もまだの私には、彼女は眩しすぎる。
少し目を細めて、彼女を見つめた。
そんな私に、笑顔を向ける。
彼女は明るくなった。

しばらくして、彼女から想いを伝えたのだと聞いた。

彼もずっと小学生の頃から彼女を想ってくれていたって。

じゃあ、彼と付き合うことになったのって聞いたら、そんな話はしなかったわ、ですって。

小学生の時のことや中学生の時に廊下ですれ違った時のことなんかをたくさん話して。

お互いが側にいなかった時を埋めるように。

静かに、お互いの存在を感じていたわ。


「よかったね」

私の言葉に。

彼女は花のような笑みを見せた。

彼女は生き返ったのだ。

それから私達の関係は、どこが変わったということもなかったけれど。
私は友人が増えたような気がする。
にこやかになったからよと彼女に言われた。
確かに私は少しやわらかくなったかもしれない。
いろいろなものを受け入れる柔軟さが身に付いたのだろうか。

教室を出た時、目の前の廊下を男の子が歩いていた。
その大きなごつごつした手に、瞳が惹かれた。
私とは、違う。
男の子の手だ。
あの手に触れられたらどんな気持ちだろう。
考えて、少し赤くなる。
瞳を閉じると、爽やかな甘い予感が私の心を掠めていった。

告白

私が六つの時だった。お父さんが居なくなった。それはどこか遠くに行ってしまったのか、それともこの世を去ったのか私には聞かされなかった。

お母さんはそれ以来どこか哀しげで、遠くを見つめていることが多く、私はただ微笑みを投げかけてお母さんから笑顔を引き出し、安心するしか出来なかった。

私が八つになった時、一人の女の人が訪ねてきた。その人はなぎささんといって、お母さんととても長い間、話をしていて、私が側によるとぴたりと話を止め、愛しそうな目で私を見るのだった。

なぎささんはそれから時々私の家を訪ねてくるようになった。

私がお庭で遊んでいる時のことだ。

「遼子ちゃん、よね?」

名前を呼ばれた。

ただ見上げると、

「遼子ちゃん、一緒に遊びましょうか」

笑顔で言われた。

「何をして遊ぶの？」

「そうね、お話をしましょう」

「何のお話？」

「むかぁし、むかしのお話」

「でも、哀しいお話は嫌よ」

私はなぎささんの隣に腰をおろして、言った。

なぎささんはすこうし眉をひそめて。

「困ったわね、哀しいお話かもしれないわ」

私は哀しいお話なんて聞きたくなかったけれど、なぎささんがとってもお話を聞いて欲しそうだったので、頷いた。

「哀しくてもいいわ、私聞くわ」

「遼子ちゃんは優しい子ね。あの人にそっくりよ」

「あの人？」

「私とあの人が出会ったのは、十七の時だったわ。同じ花を見て、綺麗ねと言ったの。同じものを見て、同じように感動して、心を揺り動かされたのよ。私達はすぐ友達になったわ」

「素敵なお友達が出来たのね」

「そうよ、素敵なお友達だったわ。けれどあれは私が二十五の時ね。私より二つ年上だったその人は、結婚してしまったの。私達の距離は遠く離れてしまったわ」

「結婚すると、離れてしまうものなの？」

結婚って、私にはとても素敵なことのように思えるけれど。

なぎささんは、少し考え込むようにして。

「そうね、お互い忙しくなって、連絡を取り合うことが少し億劫になってしまったのよ」

「おっくうって何？」

「面倒になってしまったのね」

「大切なお友達だったのに？」

「そうね、その人は生活疲れしてしまったの。決して不幸だったわけではなく、ただそうね、子供に愛情を注ぎすぎて、他の人のことを忘れてしまったのかもしれないわ」

「ふぅん」

「私達は似たもの同士だったから、私も結婚してその人の気持ちがよくわかったの。本当に似たもの同士だったから。だからやっぱり好きになる人も同じだったのね。同じ人を好きになって、同じように恋をして、そして……」

そのまま黙り込んでしまう。

「ごめんなさいね……」

「どうしたの？　なぎささん」

なぎささんは泣き出してしまった。

「私と同じ花を見て心を揺り動かされた人、それが、澄江さん。あなたのお母様よ」

「お母さん……」

「何で話してみようと思ったのかしらね。まだ小さいあなたに理解できるはずも無いのに。いいえ、だからかしら。だから話してしまったのかしら」

「なぎささん。元気を出して」

私は、心配で。懸命になって言うと、なぎささんは魂を搾り出すような美しい微笑みを見せた。

「そうね、その一言が欲しかったのかもしれないわ……。ありがとう」

そうして、行ってしまった。

なぎささんはそれからもう二度と私の前に現れることは無かった。

けれど、お母さんの遠くを見つめる眼差しを見るたび私は思い出した。なぎささんはとても哀しそうだったけれど、最後に美しい微笑みを見せて帰っていった。

その微笑みはお母さんの遠くを見つめる瞳に、どこか似ていた。

女の人は皆、結婚するとあんな風に美しくも哀しい一瞬の表情を見せるようになるのかしら。

私もいつか結婚したら。

あんな風に美しく笑んで誰かに想いを伝えたい。

私が結婚するのはそれから十八年後のことになる。

ある日の街角の情景

街で偶然彼女と会った。ラッキー、なんて思いながら彼女とお茶を飲んで、ではそろそろ帰りましょうかと駅に向かって歩いている時のこと。

彼女が突然立ち止まった。何かをじっと見つめている。視線の先を追うと、そこには一人の青年がいた。彼女に気付いて、驚いたように立ち止まる。

見つめあっている二人。雑踏の中、視線で結ばれている。……強い、絆のようなものを感じて、僕は少し不愉快になる。

視線の糸に引き寄せられるようにして、青年が近付いてくる。彼女は息をつめたまま何も言わない。僕一人取り残されているような、まるで映画のワンシーン。

生き別れになってた恋人同士のようだ、と考えて僕は慌てて否定した。この現代日本で、どうして生き別れにならなくちゃいけないんだ。……そんなはずないのに。なのにこの二人が。……魂をわけあったような二人、に、見えたから。

気が付くと、彼はもう目の前に来ていた。じっと彼女を見て、やがて口を開く。

「……元気か?」

低い声。気遣うような瞳。

「……うん」

答えて、彼女は少し目を伏せる。

「貴方も」

青年を見て、幸せそうに笑った。

「元気そうで良かった」

二人、微笑み合った。

「……」

「……」

「……」

誰も何も言わない。けれどその時、僕だけが部外者だった。

静寂を破ったのはその青年だった。

「じゃ……」

彼女から視線をはずして。

「もう行くから」

そっけなく、立ち去ろうとする。

「あ……」

彼女が手を伸ばした。けれど彼の手をつかまない。まだ届く所に彼はいるのに。

手を下ろして、彼女は言った。

「……さよなら」

『幸せになってね』と、そんな声が聞こえてきそうだった。……こんなに優しい響きの『さよなら』を、僕はもう聞くことは出来ないだろう。彼女の、心からの言葉だった。

彼は行ってしまった。彼女は彼の姿が見えなくなった後も、ずっと彼の歩いていった方を見つめていた。……多分彼女には、まだ彼の姿が見えているのだ。いつの間にか、彼女は涙を流していた。

ポケットを探して、クシャクシャのハンカチを差し出すと、彼女は目を見開き、それからそうっと自分の頬に手をやった。

「ああ……」

吐息のような声を漏らし、そこで初めて、僕に向かって口を開く。

「ごめん……」

切なげに目を閉じてまた新しい涙が流れた。

彼女は決してうつむかない。顔を上げて、声も立てず、こんなに静かに泣く人だったなんて……。

僕はただ見ているしか出来なかった。僕の差し出すハンカチにも、彼女は手を伸ばさない。……黙って傍にいる以外に、僕に何が出来ただろう。

彼は一体何者だったのか。彼女とはどんな関係なのか。……僕は聞くことが出来ない。たぶんそれは、僕が関わってはいけないことだったから。

「ごめん」

と彼女がまた言った。目を開いて、遠くを見たまま。

「もう少し……」

もう誰かを探している瞳ではなく。

「ここに、いさせて」

また目を閉じると泣いた。そう、多分これはお別れの涙。あの青年と彼女がどんな関係だったとしても、二人はもう未来に思い出を作ることは出来ない。……彼女は今、僕の隣で泣いているのだから。

著者プロフィール
道端　雪野（みちはた　ゆきの）
1982年２月10日和歌山県に生まれる。血液型AB型。
幼い頃から絵本や児童文学に囲まれて育ち、本をこよなく愛す。
また、歌や演劇にも興味をもっており、中学３年間は合唱団に所属していた。

私の安らぎだった人へ

2001年2月15日　初版第１刷発行

著　者　道端雪野
発行者　瓜谷綱延
発行所　株式会社文芸社
〒112-0004　東京都文京区後楽2－23－12
電話03-3814-1177（代表）
03-3814-2455（営業）
振替00190-8-728265

印刷所　株式会社平河工業社

乱丁・落丁本はお取り替えします。
ISBN4-8355-1383-5 C0093